AF614087

ANTONIO ZOCCHI

Entre nada e infinito

y otras obras (poesías 2001)

...No reconozco la autoridad
porque no persigue la justicia,
no reconozco el poder
porque no está para la gente,
no reconozco el bienestar
porque no da que ilusiones...

Prima edizione: marzo 2011

distribuito da lulu.com
ISBN 9781446629475

Ai miei cari

Nota del autor

La constante búsqueda y la asidua tentativa de vivir el **tiempo** *en su plenitud siempre me lleva a escribir y describir cada talla de su rápido correr.*

La **poesía***, incansable arma y que redobla, siempre me es servida a imprimir y dejar una* **señal** *en este macrocosmo del cual yo, hombre, soy un minúsculo polvo.*

Si pienso en el regalo de la vida, a la virtud de la palabra y el saber leerla, descodifico entonces cada individual pensamiento y sensación; entonces consigo dar un sentido al **paso** *de las estaciones.*

Muchas veces he probado a parar en **instantáneas** *lo veloz correr y soplar tiempo, pocas veces he encontrado la fuerza de derribar el muro irracional de la continua palpitación.*

Y entonces me doy cuenta de mi **límite** *como hombre, pruebo a incidir y dejar alguna* **inspiración** *que, aunque no siempre original, parece a la reflexión de cada ser pensante que ha intentado siempre dejar una prueba en su* **camino***.*

En la orilla del sueño

La oscuridad está al acecho
en el orilla del sueño,
siempre en espera
de un paso presuroso.
Entonces imagino
cada instante de luz,
que gobierna mi tiempo
entre conflictos y treguas.
Y espero el sol,
como la semilla espera la vida
para brotar fecundo,
y dar fruto en el viento.

22/3/2001

La paciencia es una dote y no una necesidad

Querer transformar todo en materia,
no tengas tiempo
y pararse a pensar,
es el miedo
que aflige yo corazón.
Tú que tienes prisa,
que tienes el tiempo contado,
tú que organizas,
cada instante que vives, pero
¿qué sorpresa puede ser
en una nueva mañana?
¿qué sientes
escuchando la naturaleza?
El todo enseguida no se puede retener.

22/3/2001

Mi mirada

Siempre fuera de tiempo
busca lo normal
de caiga historia que pasa
en un día cualquiera.
A veces mi vozno
tiene palabras
para describir el pasado
y el perseguir del viento.
A veces espero
algo que cambie
y que ayude el camino
de las sendas iluminadas.
Iridiscente y veloz
es el fulmíneo reflejo,
que deslumbra mi espejo
retrucando en la sombra.
Así mi cuerpo
todo siente y todo espera,
en un nuevo día
qué vendrá enseguida.

30/03/2001

Cómo

¿Cómo puedo juzgar,
sin historia en el corazón?
¿Cómo puedo hablar,
sin recuerdos en la mente?
¿Cómo puedo querer,
si mis sueños no florecen?
Por ti siempre lejana,
con el miedo que no comprenda.
¿Cómo puedo oír,
el canto que martillea en el íntimo,
si tengo dureza de espíritu
que me hace ciego?

30/03/2001

A los márgenes

Fulmíneo es el desgranar del tiempo,
me deja pensativo a los márgenes
de una vida de misterios.
No hay más esperada:
todo y enseguida es el mensaje,
que rasca del corazón
también las últimas esperanzas.
Pero el mundo no quiere
el sacrificio del camino.
¿Por qué es suficiente mirar
para ser satisfechos?
Así mi corazón combate
y trata no rendirse
a las fáciles presencias,
que querrían donar vida.

30/03/2001

Escribe

Escribe en el polvo
el nombre de cada hombre,
y nunca querrás recordar
porque el viento barrerá la tierra.
Siempre renueva
y en tu amor purifica,
con el amor haces renacer,
el hombre desnudo a nueva vida.

01/04/2001

¿Qué les diremos a los niños?

¿Qué les diremos a los niños,
cuando no habrá
más verde para jugar?
¿Qué les diremos a los niños,
cuando no habrá
más aire de respirar?
¿Cómo podrán querer
si más ninguno
les dirá donde tienen el corazón?

14/04/2001

Golpea el instante del tiempo

Golpea el instante del tiempo,
y yo siempre a la escucha
espero una señal
para reabrir el mar.
Siempre busco razones
y nuevos caminos de pensamiento,
pero nada mostra
el lógico curso.
Es la incoherencia
y la superficialidad
a hacer el amo
a mi circunstante,
y a pesar de espejismos me enseñen
el camino mejor,
todo cambia y no logro controlar
el que tengo dentro.
¿Por qué no entiende
mi amor decepcionado?
¿Por qué me deja triste
en un mundo vacío
y de seres dueños?

19/4/2001

O musa

O musa,
quien sabe cuántas veces has formado
el instante de sueño eterno,
quien sabe cuántas veces has escuchado
los cantos mortales de simples hombres
decepcionados del mundo,
quien sabe cuántas veces has secuestrado
el corazón de quién te esperó.
¿Quién sabe cuántas veces has susurrado
palabras en el viento que se pusieron eternas?
O musa,
no sé más si escribir
y describir el soplo
que lento me llena
dejándome al margen,
no sé más si escribir
y intentar el amor
que creí oír
escondido en el viento,
no sé si el escribir,
seguirá sacudiendo las alas
en la mente de un pobre
que busca el mar.
Pero el mar ha quedado,
y a veces con su respiración
me deja aquel dulce sentimiento,
que sabe de salado
sobre los labios y sobre el corazón.

19/4/2001

La hoja blanca

La hoja blanca
es el discurso
de la vida que corre,
es el reflejo huyente
del pensamiento que viene,
es palabra no dicha
de visión que ha sido,
es madeja enredada
del deseo que debería ser.

24/4/2001

La ligereza del existir

La ligereza
que a veces puerta el existir,
la indiferencia
que a veces engendra rencor,
son variantes
que en la vida
no tienen explicaciones,
y nada es racional.
A veces pero vacían el ser
del amor y del calor
que en la vida son fuerza
dejando áridas hostilidades
y ostentaciones de calma
que en el inconsciente
estallan en luchas.

25/4/2001

Lee y busca

Lee y busca
en mis rayas,
el amor por el rostro
y por el corazón.
Escucha y observa
mis palabras,
que en el invisible íntimo
lloran el tiempo.
¿También tu reflejo
quedará como los otros
incidido en la mente?
¿O siempre será
vivo y concreto
por el existir sus cambios?

5/5/2001

No te gires

No te gires atrás,
no vuelvas sobre tus pasos.
Mira adelante
como siempre fuera
el primer día.
No tengas miedo
siempre sigues adelante el camino.
No titubees,
la indecisión sea como polvo
que el viento siempre nuevo sacude.
Los recuerdos son necesarios,
pero sigues la luz que la vida es sola una.
Y si el amor te coge,
sumérgete en su profundidad
nadando a la búsqueda,
pero siempre respirando aire.

11/5/2001

Como mariposas

Como mariposas
tus poesías volaron
entre las almas de las gentes.
Y con irreverente ingenio
hablaron tus rostros.
En las canciones el no respeto
y la voluntad de vivir
mataron tu instinto
llevando a la muerte
las migas de tu tiempo.

18/5/2001

Pensamientos

¿Cuál guerra no tiene ojos
para no darse cuenta niños?
En un pueblo dividido,
donde no se distinguen
inocencia de maldad,
se consume cada día
una desmesurada tragedia.
Todos tienen razón
y todos se equivocan.
¿Qué les diremos a los niños,
cuando verán guerra y destrucción?
¿Qué les enseñaremos a los niños,
cuando ya no podrán jugar?
¿Dónde estas justicia?
¿Dónde vives paz?
La razón no se revela,
y el sueño ya está moribundo.
¿Dónde estas inocencia?
¿Dónde reinas blancura?
En mis ojos
ya ciegos de llanto,
no hay más espacio
tampoco por las palabras.

18/5/2001

Profecía

Llevadlo más allá del cielo
amigos de su vuelo,
llevadlo más allá del viento
seres alados libres,
ya no tendrá cuerpo,
y los pensamientos…
sin peso volverán a su sitio.
Si la muerte
no puede darte miedo,
si su hechizo
no te da más respiración,
entonces la vida
tampoco la ves.

26/5/2001

La puerta

Será paso,
ninguna llave logrará desfondar.
Será alma,
llegará a abrir.
Ni ancha ni fácil
será la puerta,
estrecha invisible,
una vez sola accesible.
Cantos, sonidos, bailes, extrañas voces,
nada es previsible.
Será espejismo a la mirada,
será reflejado al pensamiento,
sediento de llanto y sudor,
estará en el corazón la llave.

30/5/2001

Si mirara...

Si mirara sin pensar
vería el mundo sin entender,
si mirara sin ver
pensaría los colores sin saber.
¿Qué quedaría,
él mirara hasta ojos?
¿Qué viviría,
si no hubiera la muerte?

4/6/2001

Cuál batalla…(a yo mismo)

¿Cuál es tu batalla?
¿Cuál tus ideales
y tu revuelta?
Si tus ojos son ciegos,
y no ves el espacio
más entre los colores y la materia.
Y si deformas con la indiferencia.
¿Cuál desempate sigues
sin más valores?
¿Dónde está tu rabia,
si no sabes frenar el instinto?
¿Dónde está tu tristeza,
si no sabes llorar de cosas verdaderas?

5/6/2001

La existencia

Golpea al pensamiento
y sonríe de auténtico,
en el límite lábil
entre sueño y posible.
Haz traslucir
aquel flébil soplo
que inconsistente se ilumina
en equilibrio latente.
Así entre nada e infinito,
la hoja del tiempo consume
los recortes de una lucha que es vida.

7/6/2001

Deseo

Todo queda
cerrado en el pensamiento,
y a destellos rebosa
cuando menos se espera.
No de respiración
a ningún mando,
no parece tampoco
influencia del viento.
Así sin pretensiones
en la calma aparente,
parece lejana
y inútil a la vida.
Siempre apartado
por el fóbico frenesí,
de un mundo material
que el destierra a sus márgenes.
Pero a veces respira,
y libera el alma,
mojando de recuerdos
y de manchas de corazón,
la existencia incolora.

11/6/2001

El ocaso

Pruebo a seguir
con la mirada del tiempo,
el límite rojizo
que divide tierra y cielo.
Pruebo a ilusionar
mis ojos reales,
en lo eterno indefinido
de estos colores.
Todo entonces queda
impalpable y veloz,
si no que impreso
en el recuerdo del corazón.
Como un tapizo
como un fresco,
deja olores a mi corazón
en el amor infinito.

20/6/2001

La madre asesina

Día no pasará,
hasta que vida recuerdas,
de aquel único instante,
en cuyo despertaste la vida.
Desde entonces acabó
la posesión en tu vientre,
por futuro alma en el mundo.
Día no pasará,
hasta que vida recuerdas,
de aquel único instante,
en cuyo despertaste la muerte.
No entendiste
tu rol en el mundo,
no fuiste dueña
que de tu vida.

21/6/2001

He girado página (blues)

He girado página
una tarde de verano,
entre el cantar de grillos
y el vuelo de mosquito.
He girado página
mientras el cielo anocheció,
entre los olores tibios
de palabras y de risas.
He girado página
mientras los colores del sol,
acompañaron el crepúsculo
y mis pensamientos.
Y mis recuerdos
volaron otros tiempos,
a esperanzas de vivos
imaginando infinitos espacios.

22/6/2001

El mito del mundo

Soy vaciado
del mundo y de su mito,
por cuánto ampliado
al consumismo y al poco respeto
del hombre y de la vida.
Y los juegos de poder,
oscuros a los ojos bajos,
viajan en un plan diferente
e intocable a la vida simple
de quien fatiga en el día normal.
Así el amor no es el mismo,
nadie nace demasiado erudito
para tener ganas de estar solo,
y nadie demasiado sólo muere
para ser olvidado.

29/6/2001

En el mágico aislamiento

En el mágico aislamiento
de porción de mundo
donde aire puro domina,
la mente vaga espacias indefinidos.
Siente de mundo sin confines,
siente de mundo multirracial
y anhela a única cultura,
que encierre muchos símbolos
y religiones monoteístas.
Porque el material
no puede ser primaria fuente,
pero derivado de pensamiento
y razón que da cultura.

29/6/2001

Querría ser…

Querría estar en tu mente
cuando nace la respiración,
y la imagen modela
aparta señales indescifrables.
Querría estar en tus manos
cuándo tocas la sonrisa,
y la mirada tuerce
partes de piel incomprensible.
Querría estar en tus ojos
cuando crece el reflejo,
y lo eterno toma forma
modelando mi tiempo.

1/7/2001

Lo inútil

Es lo inútil de la vida afanosa
que consume en la respiración.
Solo el hombre puede hacer vivir
la materia a su tacto,
o a su voz.
Cuando la vida acaba
también las cosas se desmoronan;
sólo el alma y el soplo de la razón,
hacen girar el mundo
y derriban el nada
que de otro modo quedaría inmóvil
en el mudo espacio.

2/7/2002

Como un pensamiento

Como un pensamiento
vuela mi tiempo,
como un velero
es mi señal lenta.
Como un oasis
es el recuerdo que se para,
como una vuelta
es el soplo que tañe.
Como un paso
es la vida que vuelve,
como un naufragio
es lo inmenso del viento.
Y todo me ayuda
a vivir en las miradas,
y todo me concierne
cuando el tiempo se para.

16/7/2001

El renacimiento

El renacimiento del recuerdo
persigue el instante,
la vida es una espera
de imágenes experimentadas.

16/7/2001

Visiones de libertad

Mi pensamiento
no quiere cadenas.
Mi libertad
vuela más allá del cuerpo.
Mi misterio
no es del mundo.
Mi vuelo
no tiene espacio.
Mis alas
no tienen tiempo.
Mi escribir
no tiene reglas.
Mi razón
no tiene respiración.
Mi creo
no tiene confines.
Mi vida
no tiene muerte.

22/7/2001

La anarquía

La anarquía no es sólo palabra
y no el solo instrumento
para estar libres.
La anarquía no es sólo libertad,
y no es tampoco un soplo
qué tranquilo vuela.
La anarquía no es sólo bandera
detrás cuya disfrazar
la ignorancia de la historia.

22/7/2001

Sobre el golfo del poeta

Canto I

La vida vuela
en el viento del tiempo.
La vida respira
en el espacio del sueño.
Y por el instante nuevo
de existencia pensativa,
aspiro a lo inmenso
de la belleza del soplo.
Por el instante bueno
hay el recuerdo del pasado,
por el instante malo,
hay el reflejo del desliz.

Canto II

Una hoja es el infinito,
y la tinta es el mar
que roza las sinuosidades
del corazón del golfo.
La vida es la pluma
que desafía las olas
para surcar de ello el espacio.
Si escucho el viento
entre los arrecifes me habla.
Su respiración me enseña
la erosión del tiempo.

5/8/2001

Similitud

El instante eterno
torcido por el reverbero
de sol que tramonta,
parece un animal
que por instinto transforma
su vivir en letargo.

7/9/2001

El soplo feroz

El soplo feroz
del viento que martillea,
es la rabia indefensa
del indiferente su cuerpo.

11/9/2001

El juego invisible

En el juego invisible
de sumisos quejidos,
vuelve la sensación
de tiempo latente.
Como de instantes
en el inútil reflejo,
aparecen apariencias
de desteñidas imágenes.
Así la mente sumerge
la mirada atenta,
para divisar espejismos
de pasados desempates.
Pero ningún sonido
al horizonte abre
la ola del viento
que silba alejándose.

16/11/2001

La mente, siempre en camino

En un torbellino
es mi recuerdo.
La mente consume
apariencias de instantes.
Se nutre de todo
y de lo que ve.
Por cada reflejo
sacia su sed de inmenso,
por cada respiración
llena su pozo de sueños.
Quizás la vida
le tiende las manos,
y le enseña espejismos
de muchos colores.
Quizás la noche
le esconde los colores,
por luego reponérselos
si hay la luna.
Quizás sus días
se esconden cansados
entre los pliegues del corazón.
La mente tan incansable
vive
de sueño o de destreza
siempre camina.

17/11/2001

Cruces

¿Dónde vives,
verdadera belleza?
¿Dónde celas tus suspiros,
verdadero amor?
¿A dónde corre tu savia,
verdadera vida?
¿Dónde se refleja tu imagen,
verdadera paz?
¿Dónde renuevas el espejismo,
verdadera justicia?
¿Cuánto es apretado tu yugo,
que gobierna mis sentidos
y no libera mis sendas?
¿Cuánto es dulce tu misterio,
hecho de espacio
más allá de mi tiempo?
"Todos este cruces presenta mi volar
que quiere equilibrarse entre nada e infinito."

12/12/2001

La inspiración

La inspiración deslustrada,
escondido de certezas.
La inspiración frenada,
clavada por el real.
En el íntimo del alma,
nace el sueño que salva
y hace libre el corazón
a volar más allá del cielo.

12/12/2001

Fresco campesino (el belén)

Dónde se para el día,
reina la unión de la incoherencia.
Dónde la oscuridad se derrite
al arco iris de la Luz,
nace la unión de la conciencia.
Y el sonido renace,
de la inconstancia del crepúsculo.
Dónde todo pareció,
espejismo del día pasado,
cada voz ahora calla.
En el hormigueo de lámparas,
ahora cada hombre regresa,
aristócratas das fatigas,
y de un tiempo de recordar.

20/12/2001

El vacío

No más esperanza,
del amor que respiré.
No más apariencia,
del espejismo que rocé.
Sólo repica,
mi corazón en el vacío cuerpo,
dejado por el tiempo
que joven golpeó.
No más perseguida,
no más recuerdo,
sólo el espacio
del hielo que para.

20/12/2001

Paso en aforismo

La expectativa de la juventud
y la incoherencia de la madurez,
no tienen confín
en un mundo material.
Se escucha,
se teme la vida,
que con el amor lleva tristeza.
Se escucha,
se pregunta un mensaje,
que el espejismo del futuro dará voz.

20/12/2001

La Navidad de la guerra

He visto a niños,
sin sueños a Navidad.
He visto añico,
de pobreza y pestilencia.
He sentido las lágrimas,
de quien ríe sin ojos.
He sentido el gemido,
de quien no puede llorar tampoco.
He visto a niños,
que la guerra ya hace grandes.
He oído aquellos corazones,
donde la vida no puede resistir.
He rogado,
he visto con el corazón,
he llorado con la sangre
que me ha dado la vida,
he escondido el dolor
para buscar consuelo,
pero las imágenes vuelven,
a señalar mi mundo.
He visto a niños,
sin sueños a Navidad.
He visto a niños,
gritar a la vida.

25/12/2001

Te he visto en el espejo

Te he visto en el espejo,
escondido entre mis sueños.
Te he oído en el silencio,
oculta entre mis pasos.
Te he sentido en la mirada,
transparente en mis ojos.
Te he escrito en mi mundo,
confusa entre mi respiración.
Te he querido en mis años,
espejismo en mi limbo.

26/12/2001

La noche en el espejo

El poder de la noche
borra el pasado
en su envolvente manto.
Esconde cada cosa,
en poder del sueño.
Es invisible la señal,
de innumerables palabras
e ilimitados pensamientos.
Todo calla si el espejo
acoge los reflejos
del correr tiempo.

26/12/2001

Mis cuadros
El impresionista

Una impresión
que señala la tela,
del instante del vivir
que imperceptible se muestra.
Una imagen
que señala al real,
del inconsciente recuerdo
que inseparable se refleja.
Así la línea,
la palabra, la luz
irrumpen en el cosmos
creando inmortalidad.

29/12/2001

30/12/2001
…mi refugio la poesía,
mi reflejado la poesía,
mi canto y mi pensamiento,
la poesía…

INDICE

www.ingramcontent.com/pod-product-compliance
Ingram Content Group UK Ltd.
Pitfield, Milton Keynes, MK11 3LW, UK
UKHW041838200726
13854UKWH00003BA/1197